風の痕跡

岩成達也

書肆山田

目次——風の痕跡

I

風の痕跡

I

名前

光とは　いつも　羽根なのだ
四枚の羽根が　その貌を　体を　覆い包み
闇の中で　音もなく　回っている

（主よ　かつては　夢の中で　回っていたものが
（いまでは　老いた私には　深夜　目覚めるたびに
（眼前の　闇の中で　回っている

回るものよ　あなたは常在のもの
そして　私とは　常在へと　移り行くもの
ヨハネ＝マリア　私の二重の名前の　結び目の深みの中で

ル・トロネ聖堂の微光

深い夜、闇の中であなたは目を覚まします。何も見えないので、慌てて、また、あなたは目を堅く閉ざします。すると、やがて、目の内側の闇の中に、微かな光にも似たものが点々と現れてくる、あなたはそれを感じます。勿論、微光は光ではありません、光源がどこにもないのですから。でも、かつて私もそれに似た経験をしたことが何度もあります。例えば、遂に行けなかった、ル・トロネの修道院。切り出した淡赤色の石だけを積み上げ組み合せてつくられている、殆んど開口部も装飾もない簡素な遜《へりくだ》りの聖空間。だが、その空間は、聖ベルナールの想いそのままに、見事な均斉と奥行きと深みとを備えています。付属する回廊でさえ、石の厚みで昼なお薄暗く、僅かに中央部の六角泉水堂だけが目立つほどですから。

何故行ったこともない処を見てきたように話せるのか？　それは、ル・トロネの文献や図面を何冊も飽きもせず眺めたからです。だから、私もはじめは堂内の微かな明るみは、積み上げた切石から滲みでる光だと思っていました。でも、目を閉じたあなたの闇には、積み上げ組み合せたものは何もないでしょう。では、記憶や視線の動きがそれをよぶのか？　いいえ、それをよぶのは深さではないかと私は思うのです。例えば、ル・トロネの堂内に漂う微かな光の粒は聖ベルナールの信の深さであり、深夜、私の閉じた目の内側に浮ぶそれは、やがて到来する私の終末の彼方の深さだというように。

女神湖（部分）

……こうしてやっと私と私のちびとは山の奥の小さい湖へと辿り着く。湖と名はついているが、一周十分もあれば元の場所へと戻ってくる少し大きい溜め池のような森の堰堤。ただ、その端の部分には水の湧き出る処があるらしく、そのあたりは一面湿地帯のようになっていて、板敷きの遊歩道が設けられている。板のすぐ横はもう水辺で、何種類かの水草が半ば水に浸りながら、常に小さい花をつけている。私と私のちびとは、遊歩道の少し手前にある空地に入り、ちびのルーフを閉めてから、私一人空地の横の木の階段を上って行く。小さい湖なので、周りには一つしかホテルはない。だが、そのホテルは湖の方にはりだした総ガラス造りのかなり大きいテラスをもっていて、そこが感じのよいレストランになっていた。ガラスの扉を開ける。晩夏の平日のせいか、今日も客は二、三人しかいず、倖い私の好きな席は空いていて、周りにも人はいなかった。この建物は小高い丘の上にあり、レストランの大ガラス窓は多分北面しているのだろうか、その席へ座るといつでも湖はこまかくきらめいてみえた。そして、建物の東西に植え込まれた一本ずつの太い幹からはりだした大枝が、この季節黄味を帯びはじめた葉をつけたまま両側からレストランを覗き込んでいるのが常だった。私の席は入口から遠い方の大枝のそば、翳で少し暗くなっているあたりで、すぐ横に丈の高い花瓶が置いてあり、いつ行っても細長く巻いている赤く大きい花が投げ入れられていた。実を言えば、このテラスと湖との間の斜面にもパラソルを備えた露天の芝生テラスがあり、若い人達はたいていそこでの食事やお喋りを好むようだった。いずれにしても、私はいつもの席で肘つき椅子にゆったりと座る。まもなく黒い蝶ネクタイと黒いベストのギャルソンが水とメニューをもって近づいてきて、私はあいも変らず、チーズであえたパスタと冷い珈琲を頼むだろう。

湿地帯の少し向うにはボートも幾艘か舫っているが、今日は湖面には一艘のボートも浮んでいない。ここからみる限り、ホテルの建っている小高い丘の傾斜がそのまま——周回路もここからはうまく隠されている——緑や黄緑の叢とともに湖へとなだれ込み、此岸を一直線に仕切っている。一方、湖の向う側は叢に覆われた土手のようになっていて、その奥の空と森とをこれまた一直線に区切っている。テラスの庇の構造によるのか、ここからみる土手の奥の空と森とはひどく狭い。そして、空は白く青味を帯びていつでも風が流れているようにみえ、森は空の流れる縞を受けて常に暗い。おそらくは、湖はなだらかな傾斜地の中に開いているのだろう。だから、ここからみると、大画面いっぱいに湖面が拡がり、たえまなくさざ波が、小さい三角の形の波が、その上をきらめきながらたゆたっている。時折り雲が通り過ぎるのだろう、湖面の西側に深紫の浮島のようなものがあらわれる。東側でもいま少し小さい茶緑の色面のようなものが二つ三つとあらわれている、そのうえ、今日はじめてみたのだが、湖の西側に三つ、東側に二つ、薄桃色の小さい波がひかかっている。ここでも、さざ波の色は時間とともに変化するが、それは波とともに移ろって行くわけではない。ここでの色はむしろ層状をなしていて、それが時間とともに転調するのだ。そう、すでにお察しのように、私はそのとき、湖と同じく二本の水平線で仕切られた「ローヴの庭*」を湖に重ねてみていたのだ。

だけれども、「庭」にはいま一つ、「塗り残し」ということがあったはずだ。では、「塗り残し」とは何なのか。簡単に考えれば、おそらくはそれは自然《ナトウラ》の欠如を埋めるためにその庭からせりあがってくる何かだろう。あるいはそれは自然《ナトウラ》の底のサンサシオン……いや、それは私達に捉えることができないからこそせりあがり、私達に捉えられないというそのことを告げる何かではないのか。一言でいえばこれもまたパッショ（受動態認識）を体験するということ、それ故にこそ、人はしばしばその「塗り残し」の中に、主のまなざしの痕跡をみいだしたりもするのだろう……か。

＊ポール・セザンヌ、一九〇六年頃。

優子の庭

優子は私達の森から四百米ほど低い処、車で三〇分ぐらい下った一面の蕎麦畑の真中の四軒長屋の東端に住んでいる。はじめは一人で住んでいたが、いまでは小さい野菜畑と中古の軽トラック一台とが加わった。大学をでてから長い間農業共同体のような所で暮していたが、内部で路線の対立が生じたらしく、ある時古い仲間ととびだしそれからは一人暮しを続けている。本人に言わせれば、食べていくのは楽ではない。お金がなくなれば施設の賄いやホテル等の臨時部屋掛りとして稼いでいるとのことだった。そんな優子が昨年の夏の終り頃、私と姪——私と同じ森に住んでいる優子の下の妹――とを午後の食事によんでくれるということがあった。めったにないことなので、二人でおそるおそるでかけて行くと、どうも県が何十年ぶりかでその県営住宅を改装してくれたお披露目のつもりらしいということが判ってきた。とにかく、言われるままに裏庭へと廻り、左側に私が右側に姪がそして真中に優子が座って火を熾しはじめる、見ると串刺しの岩魚らしい魚や肉の塊り、大蛤等が山のように積まれていた。優子の家には何回も行ったことがあるが、裏庭で食事をしたことはない。そして、部屋の中から見る外の風景はごくありふれたものにしか思えなかった。ところが、驚いたことに、裏庭に座りあらためて四方を見渡すと、そこには予想もしなかった大景観が展がっていたのである。私の座っている処から遙か彼方の翳のような山嶺の麓まで、一面にただ黄色い蕎麦畑、三〇米ほど先にある二本の大きい木を除いてはその他に何もない。その木の枝は半円形に密集した葉をつけていて、鳥が四、五羽その葉群れに飛び込んだり飛び出したりしている。優子によれば、冬の季節、その木は葉を全部落して裸になった枝々に今度は鳥が鈴生りに密集して一日中やかましいとのことだった。それから、これは当り前といえば当り前だが、遙かな山嶺の裾には五、六軒の小さい家や人や動くものが見え、この大空間の中でそれらがいずれもきちっとした細部を備えていることが何故か不思議なように私には思われた。そして、やがて、狭い裏庭にはりめぐらされた優子お手製の低い板塀に気づくことになる。この扉の向うは何、と私がきくと、かなり深い崖、ほれそこに頭を出している灌木の先みたいなもの、あれはかなり大きい樹の尖端の梢なのよという返事が戻ってきた。だが、その時には私は私が見ているものの内質をまだ十分には理解していなかったのだ。その後も、優子に注意されながら飲んだり食べたりしていたのだが、その間中、私を「包んでいる」大景観に私は半ば没入し続けていたのである。

それから何箇月かたって、珍らしく封書が優子から送られてきた。開けてみると、あのとき景色に熱中していた叔父さんを想いだしたので冬だけれど撮ってみたという裏庭からの写真集と、叔父さんが好きだと言っていたので行って撮ってきたという秋の女神湖の写真集がはいっていた。優子が写真もかなりな腕だとは知ってはいたが、展げてみると予想を遙かに上廻る見事な写真ばかりだった。特に、両翼を大きく拡げて湖面を滑っているように見える鳥の写真とか、湖辺の小さい岩の上に四脚であやうく立って水面に見入っている犬の写真など、様々な秋の色彩を映しながら転調する湖面の翳を写してすばらしい画面になっていた。……でも、何かが違うと私は思った。私が没入していたのはこのような鮮やかな画面ではない。そして、まもなくその差の由来に私は気づかされることになる。優子が集中しているのは、構図ということを除けば、画面全体といった漠としたものでは多分ない。そうではなくて、彼女が集中しているのはその画面の中の何か、鳥とか犬とか葉を落しきった樹の枝の拡がりとか、遠くの山嶺の連り、そういった「明確な実体《もの》」であるように思われた。勿論、私とて鳥や犬、二本の裸木、遙かな山嶺に心を奪われないわけではない。だが、私の場合には、妙な言い方になるがそれらは一種の把手、全画面を引き起す把手なのだ。把手を握ることによって、その奥の全画面の「空間」がここへと引き起され、把手を越えて前景化する。（そして、おそらくは、前景化した後は、その把手は砕かれて前景の中に埋没する。）そのよい例が、優子手製りの裏庭の低い板塀だろう。もしあれがなければ私の前の全光景の意味は一変する。現にあの時、私が熱中していた光景は、板塀があることによって、板塀を越えてこちらへと氾濫し、私もまた一つの旧い把手として砕かれてその光景の中に埋め込まれることができたのだ。もし、板塀がなければ、私の光景は裏庭の手前でせきどめられ（したがって、私が砕かれ光景の中に埋め込まれることもなく）、様々なものや事態を痕跡のようにそこに含むこともなかったのではなかろうか。逆に言えば、際限のない「全空間」そのもの、更には感受し得るその光景の理念のざわめきのごときもの、要するに板塀の仮構によって現れるそういったものこそは、本当は「風景」という何かなのではあるまいか。その意味では、風景に対する「私」の関係は、優子が撮った水面に見入る石の上の犬の関係と平行的であり、私もまた不安定に水辺に立って湖面に見入っている一匹の「犬」なのだと私は思った。

実を言えば、私がこのように考えるようになったのは、最近読んだ一冊の研究書に負うところが多い。もっとも、それ以前から、私はこのように思ってはいた。だが、それがくっきりとした姿をとったのは、多分、石川美子『青のパティニール*』を読むことによってだったろう。当書によれば、「風景」という概念ができたのは、高々五百年ほど前のことで、それはまず絵画の世界で生じ、百年ほどかかって一般的な概念にまで浸透した、とある。つまり、それまでは、私達は風景を見ていても、それを風景というひとまとまりの「世界」とは認識していなかったということになる。では、それまでの何千年間、私達は「風景」を何と思っていたのだろうか。当書にも明示はされていないが、おそらくは文脈からして、私達はそれを単なる「背景」、ある主題化されて前面化された「もの」の後を埋めるもの、もっと言えば、前面化されるものを前面に押しだしてくる「単なる」森とか水辺とかというように思っていたのではなかろうか。ところが、一五〇〇年頃、フランドルにボスより少し歳下のパティニールという今では忘れられた画家が現れる。現存する真作は僅かに十五点前後、主題の人物まで自ら描いたものはたった三点しか残っていないらしい。しかも、画面の大きさは、殆んどが縦横とも一米以内という小さい絵。だが、デューラーによって「最初の風景画家」とよばれたパティニールの絵は、石川氏によれば、幾つかの共通した特徴をもっているようだ。

まず、パティニールとてこの時代の画家、一応の主題は必ずもっている。聖ヒエロニムス人やそのアトリビュートである獅子といった類いである。ところがその主題は（把手は）たいてい前面下方に描かれてはいるものの、その背後を占める圧倒的な「背景部」

に常に画面から押しだされてしまい、絵を見る者の記憶には殆んど印象として残らない。しかも、その「背景部」はすべて共通した特徴を備えている——中央部には奇妙な形をした岩山の群れと上方向へ曲折を繰り返しながら流れている川（しかも、その川は常に開かれた河口に達し、そこに遙かな水平線が出現する）が描かれ、岩山の群れや川の周辺には街や修道院が次第に小さくなりながら、そこで動いている人や生きものとともにおそろしく精密に描き込まれている。おそろしく精密にというのは、一見白い斑点のごときものが、目を凝らしているとやがては人や犬の形となり、しかも目や鼻といった細部や表情までをも完備した人や犬になってくるからである。そのうえ、パティニールは、「異時同図表現」を好むから、画面の所々に置かれた土色の汚点のごときものを辿って行くと、それは聖ヒエロニムスと獅子の物語りの場面の変遷として私達に現れてくる。だが、それよりももっと凄いのは「パティニールの青」。パティニールは遠近法としては色彩遠近法しか使わず、その中心は常に青の神秘的とも言うべきグラデーション（そのために、川と河口とが画面の中心部を圧倒する）。実際、その青は写真版で見てさえも、「この世」のものとは思えぬ輝きと深みとを私たちの裡に引き起す。そのうえ、この青は長年修道院の奥に秘匿されていて殆んど褪色のあとが見られないようなのだ。……

だから、この「最初の風景画家」による「風景」は、普通私達が想起するような、例えばバルビゾン派の「風景」とは似ても似つかぬものであったのだ。どう言えばよいのか、そこにある森や流れや走る犬は、森や流れや走る犬では決してない。それは私達がそこで「突き当る」ゲニウスの汚点《しみ》のごときものだ。いやゲニウスと言うよりは、そこで私達が「突き当る」ものは世界創造時《クレアチオ・エクス・ニヒロ》の「超越者の自己拡散（diffusivum sui）」の内側の――というのは私達はその内側にしか在ることができないのだから――まだ濡れている皮膜のごときもの、これこそがパティニールの「風景」なのではあるまいか。そして、あの時、「優子の庭」で私が見入っていたものもまた（あの時、次第に夕刻が近づいていた）この意味での「風景」だったに違いない、と私には思われるのだ。

＊　石川美子『青のパティニール　最初の風景画家』（みすず書房）

ペタンク

四月も半ばを過ぎてくると、空気も光を孕んで流れはじめ、所々で縞のように渦を巻く。この季節、私は大食堂の東側の人のいない所でカーテンをあけて朝食をとるのが常だった。降り注ぐ光と風の痕跡。そしてその焦点を結ばない渦の中には、いつでも細い花水木と四棟ほどの背の高い白い建物が現れていた。二組の双子のような白い館。その背後には裏山の傾斜が迫り、そこでは様々な緑色の繁みが転調を繰り返している。朝毎に見るこのような光景、それは見るたびに、コート・ダジュールで、セシリア、あなたと歩いていた鷺の巣の村々のことを私に想い出させた。——あの日も私達は人々におされるようにして、サン・ポール・ド・ヴァンスの細い途を歩いていた。人々の流れはその村の頂上の方に向い、気がつくと私達は城壁にしがみつくようにしてはるか下に展がっている真蒼な地中海を見おろしていた。海の微風と白い飛沫。その日もよく晴れていて、海も風も身に染み入るようにまっさらに輝いていた。そのあと私達は土産物屋へ寄ったのか、昼食をどこでとったのか、いまでは何一つ覚えてはいない。だけれども、あの日あのとき私達は倖せだった。それから、再び私達は人人の流れに入り、狭い石畳の途をおりて、村の入口にある街路樹に囲まれた小さい広場で、お年寄り達がペタンクをしているのを見た。

レンズ豆

主よ　もし　私が先に　御国に入ることを許されたとして
（そのようなことは　多分　あろうはずがないとしても）
その折には　一つだけ　お願いしたき儀がございます
主よ　願わくは　アンドレ神父様に　次の旨伝え給わんことを　心から

私はここ煉獄で——いささか怪しいけれど　無理矢理　煉獄があるとして——
塩抜きの粟と稗とを喰べていますと*　されば
神父様　よもやここにて　塩抜きの馬鈴薯をお召し上りとは想いませぬが

万一そうなら　ご一緒にレンズ豆を頂く「時」を　首長くして待っています　と

おお　あの厚切りのベーコンとともに　黝々と樹理が煮込んでくれたレンズ豆
神父様のトランクや何かとともに　ひめやかに　ここにまで来たあのレンズ豆
とびきりのお酒に適《あわ》せ　そいつを掬い取りながら　木の食卓にお腹おしつけ
突然　神父様は　私にこう仰った　Je Moi Ce (Ça)　と

え　何　と驚く私　今は確か「私」という個についてのお話の最中であったはず
だが　神父様は　内なるもので形も色も変ってしまった手の甲をおみせになり
そこを抓ってこういわれた　これが　Ce　でも　この痛さこそが
「私」のここでの事実性の姿　と〈唯一性もね　だがこれは私の下賤な解釈〉

Moi は communicatio　だから　言葉と toi がなければ　Moi もなく「一致」もない
よく判ります　でもいつのまにか私の顔が他者ばかりになればどうなります…
その取り越し苦労は風に流して　神父様は先に進まれる　そして　Je ——
Je　こそは上方に向って開かれている「私」の高みの姿　と

と言うことは　あの知性／理性／感性の序列が　そこにも首を出すということ…
そう口挟む一つ覚えの浅慮な男に　神父様は　こう応えられる
そうではない　Je は Je t'aime の Je　主だけではなく　他者とも
愛が交される　その「(霊的な) 姿の層」と　そして　お酒を注《つ》ぎながら

優しく私にこう仰った　今宵あなたの胃袋は頭よりだいぶこなれが速いようです

またゆっくりと饗《た》べましょう　いつかどこかの「いと深い夜の森で」と
さればこそ　主よ　衰え果てた私の尻を　押し上げてくださった神父様に
またお目にかかりたいのです　ここで採れる形ばかりのレンズ豆とお酒とともに

主よ　埒もなく身も心も渇きいる愚鈍なわれを憐れみ給え
そして　いま一つ　主よ　願わくは　愛《いと》しのセシリア――
なれもまた　お酒につられ　御元から　小鳥達と　その席へと
昔ながらの姿を現わさん　そのことをも

＊　ある夜、神父様と飲んでいたとき、煉獄では、はじめの40日間、いや40週間、あるいは40箇月、塩抜きの蒸した馬鈴薯だけですごすのが定めです、

と私に言われた。私は何気なく、馬鈴薯は嫌いではありませんから、それなら安心ですと口にすると、いや、これはフランス人に対してで、日本のあなたは、多分、塩抜きの粟と稗でしょうね、とにこやかに神父様はそうつけ加えられた。

眺め

私の住んでいる建物は　東西に急傾斜している尾根と尾根との間に高さの異なる五つの棟を廊下で結んで展がっている　そのため東端の棟の二階は中央棟の一階に連結し　中央棟の四階はその西の棟の二階に連なり　更にそれはそのまま最西端の一階の廊下に続いている　それから中央棟の一階からはもう一つ廊下がでていて　それが南側に設けられた五番目の棟の三階につながっている　各棟は　だいたい三階か四階建てだが　中央棟だけはあとから継ぎたされたらしい二つの階を含めて十三階建てということになっており　私はこの棟の六階の突き当りに住んでいる　十三階

建てということになっているという言い方をしたのは　この棟の一階は　大食堂のある東部分の下には二つの階があるのに　西部分の下はそのまま地面で何もないからだ　つまり　中央棟には出入口が二箇所あるが　それらの間には二階分の落差があるのだ

だから　大食堂へいっても座る場所によってそこからの眺めが全く異る　大食堂もかなり複雑な構造をしているが　特に南側はコの字状に空中に張りだしていて　三面とも大ガラスで囲まれている　一人で食事をとりたいときなどには　私は　この大ガラスのスタンドのようになっている設え付けのテーブルの前に　ぽつんと座って食べている自分をみながら　黙々と食事をすることになる　とはいえ　食べている自分の翳とその後の眺めとは座る場所によりかなり異っていて　南大ガラスごしには　もりあがった樹

樹の塊りに覆われて傾いている尾根とその上の狭い空しかみえない　西大ガラス前に座ると　次第にせばまっていく谷間とその奥の重畳する山々がみえ　道はその少し先でとだえる　ただ　花木はこちらの方が数が多い　そして　東側大ガラスの前に座れたときには　はじめて眺望が少し開け　遠くの都会の建物の群れが視界の中に展がってくる

私が特に好きなのは　夜に入る少し前のそこからの眺め　昼間でもそこでの建物の群れは放置されている石切場のようにみえるのだが　そこで切り出されたままになっている矩形の石の列は（いままで　規制によって高さが定められていたせいもあって）　そのときには石切場が巨大な沼地の中にあるようにみえるからでもあるだろう　勿論　光と影との現れぐあいがそのようにみせるの

だが　いま一つには　その暗く平坦な場所が　もともとは一面に
海辺の湿地帯だった記憶にもよるのだろう　とはいえ　いまでは
海は彼方へと退いてここからはまったくみえない　そのかわり
後背部の低い山並みがその記憶の辺でもあるかのように　灰緑
色の稜線を薄くうかべている　そうなのだ　この石切場は低く囲
まれていて「出口がない」　そして　沈み行く光もまもなく薄れ
はじめ　それにつれて立ち並ぶ石の列も　それぞれの発色をごく
僅かずつ取り戻す　淡紅色から黒色まで発色する石の列柱　最近
では少し背の高い黒色の建物が増えてきた感じもするが　いま
私が描きだしたいのはそういったことどもではない

ある日　時空がその昏い傾きから闇へと切りかわるとき　クレー
の絵を想わせる線描の列の（そう　たしかにそのときの線描の列

はセザンヌではなく　クレーでなければならなかった）石切場の真上の灰色の空が　巨大な瞳のように横長に切れて　開いた　だが夜の到来する気配とともに忽ちにしてそれは閉じられ　微かな紅色が滲む一直線の痕跡となって空に浮かんだ　それとともに線刻の石杭も再び黝みはじめ　沈みながら足元の所々に蒼白い光の粒を撒き散らした　だが　そのときだ　ヴェロニカ！　その点滅にこたえるかのように　はるか上空に一つの輝く闇が現れ　一筋の光芒を垂直に滴らせ　次の瞬間には跡形もなく「私」から消え去っていた

（補註）ヤコブ・コルネリス・ファン・オーストザーネンの『磔刑』（一五一〇年頃、アムステルダム国立美術館）という絵の写しをみたことがあるが、そこには十字架を挾んでマグダラのマリアとヴェロニカが左右対称に描かれていた。勿論、その背後には、全身の発疹のように、様々な事物がすきまもなく描かれてはいたのだが。

屋根の上のマリア

午頃から雨は本降りになり、仮眠から覚めると、建物は深い霧につつまれていた。僅かに隣の棟の大屋根とおぼしいあたりに、二つ三つ光る場所があり、あとは闇。このような夕暮れには、何故かマグダラのマリアのことが想い出されてくる。裂けた「肉」として切り棄てられたマリア。実際、七つの罪の女にはじまり、八つの街道の交る所に住む娼婦であり、ラザロとマルタの淫らな妹、そして無数の遊び女の襞を一身に引き受けさせられた女。一説ではイエズス集団の財政面を支えたナザレの寡婦、また十字架の下《もと》に居合わせた三人のマリアの一人。この三人は一つの本性の三つの現れ（母、姉妹、伴侶）とみなされることもあるが、ノリ・メ・タンゲレの「しがみつく」を「触れる」と読みかえることによって、マグダラのマリア一人が三者から切り離されることもあるようだ。このような罪の女との同一視は、聖アウグスティヌス、あの「肉」にことさら敏感であった男にはじまり、それを確定させたのが大教皇グレゴリウスということになっている。だが、庶民達はマグダラのマリアを女宣教師に高め、舵のない船でプロヴァンスの荒野にまで流れ着かせた。だから、床を這いながら香油と涙と金髪でイエズスの足を拭う名高い場面をはじめ、多くの絵画にマグダラのマリアはその姿を現してきた。そして、確かにティティアーノの「改悛するマグダラのマリア」（ピッティ美術館）やリベーラの同名の作品（プラド美術館）などは、「憐れみを求めて身を捩《よじ》る憧憬と美しさ」において群を抜いている。だけれども、いまの私が胸裂かれるのは、フィレンツェはジョバンニ礼拝堂にあると聞くドナテッロの「マグダラのマリア」をおいてはない。「たとえ街娼として街角の蔭に立ったとしても、誰一人として近よることはないだろう」といわれる老いさらばえた惨たる御姿。目はおち凹み、白髪は乱れ縺れ、襤褸のごときものからのぞくのは肉削げ落ちた露《あらわ》な胸骨、虚ろななかになお諦念とイエズスへの想いとが交錯し滲み出るその御顔。だからこそ、今宵のような濡れた闇のなかの大屋根の上に立ち給うのはドナテッロのマリアでなければならないのだ。マグダラのマリア！　霧なす闇のなかに、悲哀にみちた老残の御姿を顕わし給え。私もまた、血を吐くごとく、ながら闇にむかいて叫び続けん、「Me Voici」と、

——そう、「Me Voici《私はここにいます》」、と。

（註）この作品は左記に多くを負っている。
ジャクリーヌ・クラン『マグダラのマリア　無限の愛』（福井美津子訳、岩波書店）

ミシェル・アンリを讃える

いのちの流れ——いのちもその流れも狂気の者だけに見える
いのち　その内部に　光の種子のようなものを含み

それが無数に集り　流れるのも　その流れが
永劫の彼方から　永劫の彼方へと　続いていくのも

主よ　私は狂気の者　主を想うと私の狂気は優しく昂ってくる

すでにして　私の体も心も　壊れている
そうなのだ　壊れなければ　いのちが見えてくることはない

（私がいのちの流れのなかにあり　私が見ているもの　考えているものが
（流れの外にあることを　私は長い間　知らなかった

私が見ているものよ　est-ce le monde ?
だから　世界とは　本当は夢に似た何かなのだ　私が引き摺っている

夢　遠ざかることによって　私の内にある微光の揺れが
光にまで強められ　私へと現れてくるものよ

私は廃れた人《ひと》　廃れてはじめて　光のロゴスの一端を担う

空は　決して蒼くはない　異質にして酷薄
光を含む肉《シエール》が　それだけが　時の狂気のように降り積もり

暗闇は　光の癩のように蹲る　そのように見える
狂気の者よ　お前はそこに　癒されることのない蠢く深さを見つめる

世界は　お前にとって　決して正常ではない
底のない盲いよ　いつでも引き攣れ　痙攣し続けるものよ

そして　主もまた　私達を抱いたまま
　　　　　世界の終りまで　苦しみ給う

（補註）左記に負うところが多い。
ミシェル・アンリ『キリストの言葉―いのちの現象学』（武藤剛史訳、白水社）

II

『森へ』[*1]をめぐって　その1

1

『森へ』を書いていた頃から、私は問題の幾つかを先送りしているとは感じていた。私にはもう殆んど時間がないと思っていたし、『森へ』を書きはじめたのも、私がいま何を感じ何を考えているかを書きのこしたい、というただそれだけの気持からのことだった。その意味では、当書の主テーマのように見えるかもしれないカトリック神学と形而上学との関係にしても、途中から自然に発生してきた問題であり、その比較を二十世紀前半でとめたのも、それ以降の整理されたデータが入手できない、ただそれだけの理由からだった。勿論、私の気持の底には詩という営為を最も広い立場から見直してみたい――という動きがなかったかと言えばそれは嘘になる。しかし、「私とは／世界とは何か」という問題意識よりも、「受洗によって私や私の認識はどう変ったのか」ということの方がはるかに私をひく問題だったということは本当のことである。もっと言えば、「私とは何か」という問題も、当書が成立してから、結局、「私とは何か」という問題をめぐって動いていたのか、ということを自分で納得したにすぎないのだ。

そのせいだろう、ここに含まれている問題のうち決着のついていないものも少くない。現に私は校正のときに、二回ほど全体を通読する機会をもてたのだが、この「船」はいたるところが閉じられていず、着水するや直ちに沈みはじめるのではないかという懸念をもった。煩雑になるので二つだけ例をあげるにとどめるが、少し丁寧に読んで頂ければ直ちに気づかれるように『森へ』では途中からにしろ求めていた「私」というものが最後にいたってひどく曖昧なものとして「現れ」てくる。形而上学的にはどちらかと言えば「私はない」という状態で示されるに対し、カトリック神学的には「ペルソナ」という言葉に支えられながら「私はある」という以外には言えない姿で現れるのだ。勿論、この両義性と言うか曖昧さを解くことは形式的にはそれほど難しくはない。例えば、「夏の昏さ」でみたアンドレ神父の次の定式化を考えれば、それは容易であるかもしれない。

Ratio → Veritas

Intelligentia ＋ Intuitio → Verum

つまり、形而上学をRatioに対応させ、神学をIntelligentia＋Intuitioに対応させればよいのである。言い換えれば、理性では「ある」と判断できないが、知性と直観を働かす場合には「ない」とも断言できないということなのである。

そして、いま一つ、『森へ』では故意に言語を主題化することは避けてきた。というのは、言語を正面から持ち込むと、扱わねばならぬ問題が一段と「深く」なり、いまの私の力では収拾がつかなくなることをおそれたからである。そして、どうしても触れざるを得ないときには——現在比較的受けいれられていると思われる「関係の言語」と「存在の言語」という扱い方で[*2]——局面を凌いできた。同じことは、例の「存在の切断[*3]」で述べた「執心の確かさ」で私達に迫る「愛」、「肉」、「いのち」についても言えるだろう。ところが、これらの回避は『森へ』を一通り書きあげてみると「船の背骨（竜骨）」の「曖昧さ」という責めを私につきつけるものとなっていたのだ。実際、神学においては、近代言語学とは違った意味で、言語の問題が決定的な意味をもっているからである。つまり、「天地《あめつち》は過ぎ去らん。されどわが言の移り行くことなし（ルカ：21・23）」。

2

だが、それだけのことで、主は私を見棄てることはされなかった。一過性脳虚血症が再発する少し前、ある書店をさまよっていた私の前に、突然一冊の本が置かれたのだ。ミシェル・アンリ（武藤剛史訳）『キリストの言葉』（白水社）がそれである。ミシェル・アンリの名前は、『森へ』の他者論のところで引かせて頂いた檜垣立哉氏の『子供の哲学』（講談社選書メチエ）で知っていた。しかし、そのときは先を急いでいた私は、アンリのことは何も調べなかったのだ。手にとってざっと眺めてみる。ミシェル・アンリ（一九二二～二〇〇二）はフランスの哲学者、メルロ＝ポンティ後の最も重要な現象学者とある。著書は十一冊ほどあり、その殆んどが法政大学出版局で邦訳されている。そして、その最後の著作、しかも一般向けの唯一の本がこの『キリストの言葉』であるらしい。惹句によれば、哲学者（現象学者）による福音書解釈とある。いやおうなくその場で入手し、帰る車中からむさぼるように読みはじめる。これは驚嘆に値する本だった。私の「船」の欠損をことごとく埋めてくれるだけではなく、進んで私の「船」の行方をも暗に告げてくれているかに思われた。もっと言えば、仮に私の「船」が沈んだとしても、「船の行方」を暗示することによって再び船の幻を水面に浮かばせる……そのような本でこれはあると思われたのだ。だから、本来ならこの本の名を記すだけで十分なのだが、あえて二、三の点を写してご参考に供したいと考える。[*4]

3

一読すれば明らかなように、この『キリストの言葉』に書かれていることは、主として「いのち」についてである。だが、「いのち」とは何だろうか。私が最初にうけた印象は、それが聖トマスの「エッセ（存在）」に似ているということだった。例えば、「私」は不断に「エッセ」を注入されることによって「存在する私」であり続け「私」は「私」が「私」でなくなるときに「エッセ」を賜り続けた御方のもとへと「帰って」いく。同じように、ここでも——そのような書き方はされていないが——「私」はいわば「いのちの流れ」の一つの生起、一つの波頭であって、したがってこの流れ以外に根拠をもたず、この流れの「外」に出ることもなく、「私」が「私」であるのもこの「いのち」（の到来）以外のなにものでもないのである。実は訳者による丁寧な解釈が二〇二頁以降に展開されているので、本文を混じえながら、以下に私なりの箇条書き的な要約を試みてみよう。

①「生きる」とは「自分自身を感じとる」ことである。

②したがって「いのち」には「いのち」を感じとる「自己性」＝「私」が必然的に伴うのであって、「自己性」＝「私」を伴わない「いのち」というものはありえない。

③つまり、「いのち」は「いのち」みずからに到来することによって、この「自己触発」と言うか「自己贈与」、「自己啓示」によって「自己性」を生みだすのであり、こうして「いのち」の現れと「私」の誕生とは同時にして同一の現象なのである。

④こうして、すべての始源である「いのち」がまず現れ、この原初の自己性において、またこの原初の自己性に基づいて、われわれひとりひとりの自己が生まれる。「最初の自己」を生みだすプロセスは、あらゆる生ける者において繰り返されるのである。

⑤このように生ける者である人間の本質は、「自分自身」を感じとること、言い換えれば「心」をもつ自覚的存在だということである。

⑥人間的現実＝「心」と考え得るとすれば、この「自覚性」によって自分を感じとると同時に「世界」が現れ、「世界」が感じとられてくる。つまり、「世界」と「私」もまたこの意味において同時発生すると考えられる。換言すれば、「自分自身を感じとる存在」にとっての意味や価値、つまりその現実性は、「自分自身を感じとる存在」がなければ、「無」にも等しいのだ。

⑦少し違うとらえ方をすれば（二五頁）、世界とわれわれ自身の「いのち」との関係は、見えるものと見えないものという根本対立という形で提示される。世界には一つのまなざしの前に現れるあらゆるもの、光それ自身にほかならない一つの「光」のなかに姿を現すあらゆるものが属するが、この「光」は事物を外部性の「地平」に遠ざけるところから生じる。（外部性の地平というスクリーンによって（……）われわれの目に見えるようになるのだ。）

⑧「世界の中の「私」」：われわれの自己が「いのち」（の流れ）から離脱し、みずからを自立存在の主体として定立する場合、自分以外のすべてはその自己＝主体による対象＝客体、つまりは外部世界となる。

⑨イエズスの言葉は、われわれのいのちの現実に、真実性（の根拠？）もまた世界にはないことをわれわれに納得させる。これ

らの現実性、真実性（の根拠？）はわれわれのうちに、この肉《シエール》に、このいのちの内部にこそあるのだ。（三九頁）

4

いままで避けてきた言葉の問題に少し踏み込んでしまったようだが、この機会に、ミシェル・アンリの言語に対する考え方を（私の理解し得た範囲で）簡単に述べておきたい。アンリによれば私達には二種類の言葉がある。一つは「世界の言語」であり、いま一つは「いのちの言語」である。このうち「世界の言語」というのは、現代言語論の根幹をなすもので、その特徴を一口で言えば「言語の根拠は世界の現れ、つまりは常識が現実そのものとみなしている目に見える世界にあるとして、その根拠から直接引き出される特性を言葉に適用することにあった。なかでも顕著なのは言語の指示的性格の重視である（一一〇頁）」。つまり、「あらゆる語は自分の外にあって、自分とは異なる内容に関係する、ということである。したがって、この言語は語が指し示している現実そのものではなく、ただその現実を目に見えるようにしているだけである（一一一頁、傍点原文）」。これが、アンリが「世界の言語」とよんでいる言語の乏しさにほかならず、現代言語論の欠陥につながると彼が考えていることである。そして、この現代言語理論の欠陥は、彼によれば、さきに見た乏しい「世界の言語」だけを唯一実在する言語とみなしているところよりくる。そして、この「言語文化」は「世界の言語」よりももっと根源的で、もっと本質的なもう一つの言語（これが「いのちの言語」とよばれる）を完全に隠蔽してしまっているのだ。

　ここまでならば、最近よく目にするハイデガーやベンヤミンの言語論[*2]（「関係の言語」――「存在の言語」）と同じようなものに見えるかもしれない。そして、アンリの言語論は確かにそれらの言語論と完全に異質というわけではない。多分、問題は「いのちの言語」とは何かということに尽きるだろう。では、「いのちの言語」とは何か。一言で言えば、その言語の特異性は、「この言葉それ自体と、この言葉が語っている内容とが全くひとつだ」（一一四頁）ということである。例えば、「われわれの苦しみを知るには、われわれが苦しむほかはない。（……）つまり、苦しみは苦しみにおいてのみわれわれに語るのである」（傍点原文）。したがって、「世界の言語」とは違って、「いのちの言葉」は嘘をつくことができない、つまり、「いのちの言葉」は「真理」の言葉であるほかはないのである。

　そして、アンリに言わせれば、この「いのち」と「真理」との本質的な関係性が、キリスト教を比類のない独創的宗教たらしめる当のものなのである（一一八頁）。即ち、ごく雑な言い方をすれば、私達における「世界の言葉」と「いのちの言葉」との関係が、そのまま、残されているキリスト・イエズスの言葉の性格に移っているのだ。この場合、重要なのは、勿論、「いのちの言葉」の性格の方だろう。というのは、私達が「ひと」であるに対して、イエズスは――少くとも「ペルソナ」概念を使えば――「ひと」にして「神」であり、私達とは隔絶した「神秘」であるはずだからである。「いのちの流れ」においては、「私」はその一つの生起にすぎず、「私」がそのことを知るのは「いのち」がみずからをみずからに啓示すること、いのちの自己啓示によってであった。とすれば、イエズスにおいても同様な事態が生じているのではあるまいか。ただし、イエズスは「先住する御子」、言い直せば「父たる神」に「いのちの流れ」の「自己啓示」が最初に生じたときの啓示そのものだと思われるが、この場合の「自己啓示」とは「劫初」から「永遠の彼方」へと続いていく「いのち全体」を含むものだから、「いのちの流れ」と言うよりは、むしろ「いのちの流れのロゴス」の「自己啓示」とでもよぶべきものであるだろう。そして、おそらくは、このことはヨハネ福音書の有名なプロローグと重なってくる、と私も思う。「初めに言《ロゴス》があった。言は神とともにあった。言は神であった。(……)言の内に命があった(ヨハネ：1・2、4)」。

*

では、この「言葉」によって、キリスト・イエズスは何をしたのか。ミシェル・アンリによれば(そして私もこの考えに同意するが)、「ひと」と「ひと」との間にはりめぐらされている何重もの「相互性」の関係を切り裂き、「ひと」と「ひと」とを(いのちの流れに沿った）「非相互性」の関係として束ね直す。（このことによって、あらゆる「ひと」と彼への「現れ」は、流れの端緒、その一点へと向うことになるだろう。）と同時に、かかることをするみずからが「父の唯一の劫初よりの御子にして、父の想い《ロゴス》そのものである」ことが明らかにされる。……要は、「この世」にある本当のものは、唯一つの「いのちの流れ」だけであって、その周囲に出没する様々な「現れ」は、端的に言って虚妄にすぎない——これが現象学者アンリが見出したことではなかろうか。この場合、「肉《シエール》」をめぐる考察が大きく力となったと思われるが、いま詳しくそれを述べる力は、私にはない[*5]。

　だが、よく考えて頂きたいのだが、このような簡潔な考え方は、『森へ』で私がしのこした数々の「穴」をふさぐ道標になってくれるのではあるまいか。

5

ここまで書いてきて、いったんは補足を打ち切ったのだが、やはりそれではあまりにも多くの誤解をまねくと思い直して、一つだけ、つまり肉《シエール》のことを少しつけ加えることにする。「4」までのアンリの考え方を受けいれるためには、まずアンリの「肉」についての考え方を受けいれねばならない。しかし、「肉《シエール》」とは何であろうか。アンリの考え方で一番重要なことはそれが「体《コール》（corps）」を構成するものでもなく、「体《コール》」の一部でもないということである。私達は「体」と「肉」とを、普通は不可分なものというように受けいれている。少くとも、（私達の）「肉」とは、「私達が〈ここ〉でつき当る（あるいは触受する）何か」であり、「体」とはそのつき当りの総体（乃至は〈見えないもの〉の総体（の最小単位）の何か）だというように捉えている。しかし、試しにミシェル・アンリの『受肉――〈肉〉の哲学』（中敬夫訳・法政大学出版局）を手にとってみても、そのようなことは何も書かれていないように思える。もっとも、当書は専門家向けの哲学書（現象学書）だから、素人の私には、せいぜいが序説と訳者解説くらいしかさしあたっては読みこなせないものではあるが。けれども、その狭い読みの中でも、アンリの「肉」の異相（あるいは「肉」の異様さ）はすぐに判る。まず何よりも、アンリにとっては肉と体、シェールとコールとは何の関係もない。いや、何の関係もないとは言い過ぎで、『森へ』で「存在の切断」ということを見たように、ここでも肉と体とは切断されていなければならないのだ。何故に。アンリにとって「いのち」が「世界」を見ていたように「体」は「肉」が「夢みている」ものだから。つまり、簡単に言えば、「肉」は「いのち（の流れ）」に「属する」が故に、「いのち（の流れ）」の外にある「世界（体は世界に属している）」には属さない、とアンリは考えるのである。もっと言えば、「私（のいのち）」とは、いのちの流れの「私」への到来であり、このようにして、「私」とはいのちの流れの一つの波頭であった。しかし、「波頭」を「波頭」として確立させるもの、それが到来するいのちの流れに密着し凝集する「外皮」としての「肉《シエール》」なのではないか、と私は――とりあえずは――そう考えている。

（註）

＊1　拙著。二〇一六年、思潮社。

＊2　「関係の言語」、「存在の言語」については瀬尾育生さんの『ポストロゴス　I』（首都大学東京現代詩センター）収録の「ハイデッガー〈言語〉試訳と註」や細見和之さんの『ベンヤミン「言語一般および人間の言語に

ついて」を読む――言葉と語りえぬもの』（岩波書店）等をご参照下さい。

＊3 「存在の切断」については拙著『森へ』の「森の疑い」をご参照下さい。

＊4 「3」はそのうち私にとっては重要だと思われた事項の簡単なデッサンに過ぎない。例えば、「現れ」とか「光」についてはもっと考えてみる必要があるだろう。

＊5　私は、いまの主流になっている「学知」のあり方を、理性《ラチオ》至上主義だと考えている。例えば、「無意識」なるわけのわからない概念（？）が横行するのも理性至上主義の裏返しではあるまいか。この点、他に根拠をもたないわが国では、特に行き過ぎが激しいように思う。

（補註）

「世界の言葉」と「いのちの言葉」との関係が一六六頁以下に少し詳しく述べられているので、長くなるが以下に引いておく（傍点原文）。

世界の言葉の一様態である話すということは、発語し、声を出し、世界の内部でその声を響かせることにほかならず（……）このように、話す場合であれ、聞き取ったりする場合であれ、現れるということが言葉の条件となっているが、この〈現れ〉とは、世界の現れ以外の何ものでもない。

だが、〈いのちの言葉〉はまったく異なる。〈いのちの言葉〉は、自己啓示という形において、自分自身を語り（……）それ以外のものについて、世界について語ることはまったくない。そもそも、〈いのちの言葉〉が語るのは世界においてではない。（……）自分のいのちであれ、他者のいのちであれ、神のいのちであれ、いのちというものに感覚を通して到達することは決してできないのだ。

では、いのちはどこで語るのか。心において。どのようにして語るのか。情念的かつ直接的な自己啓示を通じて。人間的現実そのものをなすこの自己啓示の構造にしたがい、即自的に形成されるあらゆるもの――印象、欲望、情念、意志、感情、行為、思考――は心にとどまり続ける。「心」とは、人間という存在の唯一妥当な定義なのである。こうした自己啓示の現象的構造と無関係ないかなるものも――いかにさまざまな形態をとり、どれほど多様に構築されようとも、物質的なるものはすべて人間的領域には属さない。

(2016.5.25)

『森へ』をめぐって　その2

（『森へ』を書いていたとき、私の背後から、私の手元にまで届いてくる幾つかの明りがあった。ここでは、その明りにつきいくばくかのことを簡記して、『森へ』を手に取って頂いた親切な読者の方々のご参考に供することにしたい。）

＊

私達が私達のアルケー（根拠）を問うとき、私達がまず「見出す」こと、あるいは私達にまず「啓《ひら》かれる」ことは、私達の「最深部」

が常に開いているということではあるまいか。だが、私達はそれを見出したままにしておくことは、もはやできない。そこで、私達はその開いているところに、様々な何かを、何かとでも言うべき「顔」を、引き続き「見出し」はじめる。しかも、それら様々な「顔」は、状況や私達の「見ることのありよう」とともに移り変っていく。例えば、この二千年の間、それを「見出した」代表的な名前を彼が「見ていたもの／こと」とともに並べてみるなら、私の場合には、次のようになるだろう、か。

①ヘラクレイトス‥ギリシャ的ロゴス
②アウグスティヌス‥キリスト教的ロゴス
③トマス・アクィナス‥エッセ＝純化されたキリスト教的ロゴス

勿論、同じ「ロゴス」という言葉を使っても、その内質は少しづつずれている。現にアウグスティヌスでは、ロゴスとは三位一体の「主」のことであるし、トマスにおいては、エッセとは三位一体の最深部である「純化された（本質＝存在たる）」ロゴスそのもののことだろうから。ついでに確認しておけば、キリスト教とはユダヤ一神教とヘレニズムとが交差した「領野」で成立した出来事だった。

しかし、このような確固とした――と思われた――「了解事項」も、十七世紀頃から目にみえて揺らぎはじめる。そして、本来はキリスト教のアイデンティティを固めるための教父以来の神学思考から、哲学思考的な部分が再び（周知のように、ギリシャ的思

考はギリシャ哲学に極まる）「分離」しはじめ、例えばそれは

④イマヌエル・カント（一七二四〜一八〇四）：「見出し」の転回、ロゴスの縮小

で、典型的な一つの結実を見る。定義ぬきで用語を使うなら、「〈世界〉の中の〈私〉」が、「〈私〉が見出す〈世界〉」へとコペルニクス的な転回を遂げるのである。この場合、「私の最深部」はそれを「見ている私」以外には何らのアルケーをももちえないはずだから、その「開け」の闇に「何か／何かの顔」を「見る」ことは少くともラチオ（理性）中心主義をとる限り、何の意味ももちえないだろう。実際、カントは、この地点でラチオ（理性であっ

て、知性や直観ではないことに注意してほしい）が扱えない何かをラチオの対象とすることを「封印」した。つまり、彼は、「見ること／啓かれること」をラチオの扱える範囲内に限定したのである。とはいえ、事はこれですんだわけでは決してない。

というのも、カントは自然科学的思考の基礎をラチオに求めたので、例えば、「闇」を「見る」ことまでをもラチオに求めたわけではないはずだから。だから、カントがその後も依然としてプロテスタントであり続けたように、封印してもキリスト教的なロゴスの「光」——光という言葉は不適切かもしれないが、代る用語がみつからないので、ここでは光にしておく——は、その後も「開けの先」に洩れ続けたのである。

一方、神学の側でも、この時期以降一つの事態が改めて注目されてくる。この事態はキリスト教成立のときから伏在していた事柄（と言うよりは、その成立の契機であった事柄のはず）だが、「信は知に先立つ」のかという問いである。この問い、あるいは封印された「光」の洩れ――両者は一つの事態の二つの顔だろうが――は、いずれにしても、「知」として私達は何を求めるのかということとほぼ同じ問題であり、こうして、これ以降、様々な「顔の流れ」が私達を通過する原因となる。だけれども、ここでは、『森へ』を書いていたとき、私の手元をひときわ明るくしていたと思われる一つの流れだけに話をしぼって、考えを少しのばしていきたい。

そう、その流れとは、一言で述べるなら、次のような名前の流れである。

⑤エトムント・フッサール（一八五九〜一九三八）：超越論的主観性←→Lebens-welt

⑥モーリス・メルロ＝ポンティ（一九〇八〜一九六一）：肉（chair）で仕立てられた生地（世界）

⑦ミシェル・アンリ（一九二二〜二〇〇二）：〈生《いのち》〉と〈受肉〉

ただし、アンリは『森へ』を書き了えたあと、途方にくれていた私を力づけるために主が私に与え給うた名前だし、一般の理解とは異り（と思う）、⑤には「厚み」、⑥には「パッショ」という言葉をつけ加えて、私が「深読み（勝手読み）」していることは、ここで断わっておかねばならないだろう。それに、⑤〜⑦で「見られている何か」が、①〜③での「ロゴス」と同じよび方ができるのかも、十分な吟味を要すると思われる。

よく知られていることだろうから、雑に述べていくことにしたいが、フッサールの生涯をかけての仕事は「事象」あるいは「事象の運動（推移）」の根源《アルケー》を愚直に追い求めることであった。[*1] 数学者として始った彼の生涯は、まず「数」の根源を心理的な基盤に求め、ついで「転回」してそれを論理的基盤に、更に「再転回」して、両者ではなくその中間に矛先を向け、遂に超越論的哲学である「現象学」を自ら創りだす。この場合、私達の無底の先にある「従来のロゴス」はすでにカントによって封印されており、しかも封印されたロゴスの光は闇の中に洩れ出しているのだから、そこで「何かを見出す」とは言っても、その「見出し」は従来とはかなり異っているに違いない。ここで、直接・間接などという誤解されやすい言葉を使うことはあまり適当とは言えまいが、フッサールはすでにカントを、したがってロゴスを直接「見ることができない」ことを知っている。しかも、「現象の生起の根源」を追い求めるということと、闇の中のロゴスを「見る」ということとは、「私達にとって」はそれほど異質の事柄ではなく、あるいはそれは間接にロゴスを「見る」ことかもしれないのだ。

現にフッサールは、その後何十年かにわたる曲折の末（彼にとっては、思考の紆余曲折こそが哲学をするということにほかならなかった！）、その生涯の終り近くに、はじめて「Lebens-welt（生活世界）」とそれを超越論的に還元した「超越論的主観性」なる二重の——あるいは二重に現れる——基層を「見出す」。念のためだが、Lebens-welt にしても超越論的主観性にしても、私達に直接している素朴な世界（welt）やそれを素朴に観念化（言語化）した何かでは決してない。それらは超越論的還元を何重にも受けて、その輪郭を喪い、「闇の中に浮んでいる透き通った世界体」なのだ。しかも、その「地平（Horizont）」は輪郭がないにしても――ノエマ、ノエシス的なものはそこに含まれていなければならないから――それは厖大な「厚み（!）」をもたなければならない。いや、それだけではなく、それが何かの「啓《ひら》け」である以上、そこには啓けを受ける「何者」かも居合わせなければならないだろう（独我論的でさえある「主観性」!）。こうして、フッサールは生涯の終りに二つの最終遺稿をあとに遺す。「原箱舟（Ur-Arche）」と表記された究極の「場所（＝世界）論」とその推移に係わる「原時間論」である。ただし、前者をよく理解するためには二つの Erde――一つは動いている Erde（この地球）といま一つはそれを明らかにする不動の Erde（大地／Horizont）――を一つのこととして同時把握する必要があるだろう。また、後者については、問いに問いを重ねたあげく、遂に問いそのものが「現象世界の外」へ出てしまう、言い換えればその問い自体が解体してしまうその経緯を納得することが欠かせまい。（よけいなことだが、フッサールのこのような思考過程に、私は、教父時代から盛期スコラ時代にいたるキリスト教神学の思考過程を重ねてみることもできそうな気がする。これはほんの一例だが、「（主の）超越と内在」という「神秘」の近現代的な一つの姿が、私には「超越論的主観性」という把握に重なって「見える」のである。）

ところで、フッサールの「見た」何かを「薄明のロゴス」（あるいは、「浅瀬のロゴス」でも「斑らのロゴス」でもよい。ただし、この場合の修飾語には区分以外の意味はもたせない）と仮に名づけるなら、引き続き私の中を通過してゆく名前はメルロ＝ポンティをおいてない。そして、一口で言うなら、彼もまた「肉（chair）で仕立てられた輪郭のない生地（たる〈世界〉）」を「見ていた」のだと私も思う。勿論、それを「見る」までには先駆する短かからぬ道程があったことは確かだろう。「現象は知覚の繁みから知覚に伴われて私達に到着する」、これはフッサールもすでに知っていたはずのことだが、その意味は次の二つのことを考えることによってより鮮明になると私には思われる。その一つはメルロ＝ポンティの主たる著書群の流れであり、いま一つは「肉《シエール》」と「パッショ」との関係である。

まず、著書群の流れ。それは――『ヒューマニズムとテロル』

等、往時の現実に直接するものを除けば――『行動の構造』、『知覚の現象学』、『シーニュ』、そしてその遙かな先に（彼の急死によって大半が書かれずに終ってしまった）『見えるものと見えないもの』が見えかくれする。しかも、これら著書群の周囲には（私の個人的な感想にすぎないかもしれないが）、ベルクソンの影（直観と最近の科学的な学知の重視）、ゲシュタルト理論（知覚の「図―地」構造）やソシュール言語学への接近等、刺激的な景色がざわめいている。そして、『見えるものと見えないもの』でメルロ＝ポンティがしようとしていたことが、主著『知覚の現象学』の描き直しだったろうということ、また若年期、フッサールの最晩年の二つの草稿を直接読んでいたことなども、いまではよく知られるようになってきた。

で、結局、メルロ＝ポンティは『知覚の現象学』で何を語っているのか。ある入門書[*2]では、（私はこの見方に同意するが）、次のように要約する。「主体という意識が登場する前に〈匿名の私〉としての諸器官は、すでに世界をまさぐり始めており、知覚は前人称的、前客体化的な層において生起している。（……）その典型的なあらわれを私達は〈être au monde（世界内存在）〉という彼の表記、なかんずくその中心に置かれた前置詞と定型詞の縮約形「au（à le）」に見てとることができる。つまり、これは彼の〈世界内存在〉が、常に世界に直面し、世界と向かい続け、世界に内在し、遂に世界と分かちがたく融合してしまったことを見事に象徴するものである」。確かにその通りだと思うが、いま一つ、あまり指摘されていないが――したがって、このことは私の錯誤かもしれないが――「肉《シエール》」と「パッショ（受動態認識[☆]）」との関係をつきつめていけば、この要約ののっぴきならなさは、更に私達に切迫してくるだろう。

　では、「肉（chair）」とは何か。これも、また、私の個人的な偏った見方にすぎないのかもしれないが、私は「肉」を「パッショ（触受）」によって引き起こされる何かだと考えている。だから逆に、「肉」が受けとる「疼き（異和の生起）」は「パッショ（受苦）」しかない。つまり、「肉」はパッショによってのみそこに引き起され、それ故に引き起された「肉」はその創の疼きの――ある意味での――「痕跡」でしかない。だから、思考はその「文脈（思考脈）」をある程度自在に集散し再構築させ得るかもしれないが、「触受《パッショ》」ではその「触脈」ははてしなく連結されていくのみなのだろう。……こうして、「肉《シエール》」とは結局は「パッショ（触受、受苦）の器」にほかならない、と私は思うのだが、この「器」は更に何重にも折り畳み、あるいは千切れたり癒合したりすることができるという特性をもっている。言い換えれば、そこでの夥しい「襞」や「穴＝裏返し」の内在（可能性）である。メルロ＝ポンティの『見えるものと見えないもの』の草稿群に見られる、交差配列《キアスム》、蝶番、裂開……等の様々な造語とその見方とは、このことの詳細を苛だたしげに私達に明かしているだろう。

ところで、⑦ミシェル・アンリまでくると、そこで啓かれてくる光景は⑥までとはいささか異質なように私には「見える」。勿論、アンリの「見ていた」光景は、私が『森へ』を書いていたとき、私の手元を照らすものではなかった。それは、『森へ』を書き了えてから後、はじめて私に到来したもの（こと）だったし、しかもアンリ自身への見方もまだ十分には定まっていない状況

（現在でもなおその状況は続いているようだが）での到来だったからである。だから、ここでは、ごく僅かなことに触れるにとどめたい。（ちなみに「『森へ』をめぐって　その1」で述べているのも、その一つの見方の写しだと思って頂いてさしつかえない。）

ミシェル・アンリのした仕事は、勿論、フッサールやメルロ＝ポンティのした仕事につながっている。しかし、その「目的」とでも言うべきものは、少しばかり両者とは異っているように私には「見える」。おそらくは、アンリは両者の仕事を深化することを意識しながらその仕事をしたのだ。例えば、アンリ以前の「現象学」では、「個々の〈現れ〉が〈いかに〉現れるか」が問題であったとすれば、アンリの場合には「〈個々の現れの現れること〉それ自体が〈いかに〉して可能であるか」が問われていると私は思う。だから、多分、彼が「主観性の〈存在の根拠〉」を問い詰める——言い換えれば、「自己（私にとっての私）」を他の事物と「存在論的に異質なもの」と理解しようとすることから話を始めるのもこのためだろう。しかし、何故に？ このことに対する私の貧しい考えは少しあとで述べることにして、ここではこのような仕事の仕方の結果、アンリの使う「肉（chair）」という用語は、メルロ＝ポンティの使う同じ用語とは、含意するところや現れる場がいささか異ってくる。そして、この異和は、アンリが究極的に、フッサールの「超越論的主観性」にあたるところに「見出し」てくる、「生世界＝いのち（vie）の流れ」との差異にまで広がっていく——そのことだけを指摘しておきたい。つまり、フッサールの「見ていた生活世界」とアンリの「見ていた生世界」の差は、単なる「訳語の差」ではないのである。

しかし、何故そうなのか。このあたりの消息を筋道たてて述べることは、残念ながらいまの私にはできないが、少くともアンリの考えていた「いのち（vie）」とは何かについては、緒《いとぐち》程度のことだけでも触れておかねばならないだろう。それに触れる手掛り、これは私の勝手な思い込みかもしれないが、それは、「いのち」に私達がどこで啓かれるのかに深く関係しているのではあるまいか。私の貧しい読みでは、「いのち」は、多分、破れた封印の層のあたりにまず「前現」していて、しかも「世界」とは剝がれている（補註をご参照下さい）。つまり、奇妙なことだが、この層のあたりでは、私達に「前現」するものは「いのち」しかないようなのだ。実際、ある入門書[*3]では、この間の事情を「〈生《いのち》〉は内在的に自分自身を引き受ける（つまり、〈自己触発〉、〈自己感受〉する）ことで現象し、存在する」とアンリは考える。そして、「私が内在的に私自身に現象するというあり方を、〈世界〉に対して〈生〉とよぶ」と述べている。ちなみに、アンリの「自己と他の事物とは〈存在論的に異質〉でなければならない」という考え方と、このこととは別のことではないだろう。要するに、私の考え方にひきつけて（補註をご参照下さい）、おそろしく雑な言い方をするなら、「〈生〉とは、徹底的にパッショ的であるロゴス（片）」なのではなかろうか、ということである。

少し判りにくいかもしれないので、同じことを整理して書き直すと、㋑現象は「世界内存在」的な何かである。㋺だが、〈生〉が「前現」する段階ではまだ「世界」は前現していない。㋩したがって、この段階で現象が生起するとすれば、〈生（vie）〉の中で生じている「自己触発」としての「現象」しかない。㊁だから、

〈生〉は「存在」としても異質であり、独特なのだ。――このようにして、私達に手掛り（世界創造の原理のような手掛り）が与えられる。……それだけではなく、さきほど引いた入門書[*3]では、「私が〈情感性☆〉として現れ、この情感性が存在の最終的な根拠として理解されるとき（……）これが〈生〉である」とまで述べている。つまり、㋭〈生〉のアルケーはパッショ的な何かにまで下っていく、ということだろう。ここまでは了解できたとする。しかし、その先にもう一つ越えねばならぬ問題がある。いま一度、〈生〉とは何かという問いである。破れた封印の層のあたりに「前現」していた〈生〉、それは「大文字の生（いのちの流れ（ロゴス））」なのだろうか、それとも「小文字の生（個々のいのち）」なのだろうか。ところが、この答を言い切ることは意外に難しい。何故なら、前者が向うのは「受肉」（イエズスの成立）であるし、後者の向うのは個々の「肉」（個々の自己触発する「私」）だから。おそらく、と私は思うのだが、このあたりの事態は「ラチオ」ではさばけない。そこで、二千年にわたる「知」（神学の知）が招来されてくる（と私は考えている）。よけいなことだが、問題は現象学者が神学者になったのか、神学者が現象学者になったのかという問題ではなく、ヨハネ福音書のプロローグに重ねて、二種類の「生《いのち》」を一気に二重把握し得るかどうかに係わる問題なのではないだろうか。そして、キリスト教伝統が深く浸透している風土では、この問題は決して穏当を欠くものではないのである。

＊

長くなりすぎた。とりあえずの決着を急ごう。このようにして、私達は、私達の無底の奥に闇しか見ないことを拒絶するなら、見方をどのようにずらしていっても、私達は底のない闇の中に、深浅の差こそあれ、必ず「ロゴス（パッショであるロゴスを含む）」とでもよぶべき何かを「見出す」。では、最後に、この「ロゴス」という言葉を当てられているもの／ことは何であろうか。ここまできて、私は今道友信先生がよく口にされていた言葉、「まだみぬ故郷（Heimat）」という言葉を想い出す。そして、ひそかに呟いてみるのだ、ロゴスとはこのハイマートへの導きの灯でなくて、いったい何であり得ようか、と。

☆〔補足〕私のような哲学や神学の素養のない者が口にすべきことではないかもしれないが、私は文献などを読んでいて、しばしば、情調とか情念とかと訳されている言葉に躓く。その訳語が現れるときの文脈の意味がすんなりととれなくなることが多いのだ。原文にあたったことは殆んどないので断言はできないが、おそらくは、原文ではパッショとかそれの類縁語であることが多いと思う。パッショとは、原義では、何かの圧迫をうけて苦しい、といった意味だろうから、受苦や受難ならばまだしも、情熱（情調や情念はこちらに近いだろう）などと訳されたのでは、意味がよく流れなくなる。しかも、私自身は、パッショに「肉的というか受肉の」ロゴスに近い意味をこめたいことが多いので、僅かばかりのことをここで書きとめておきたい。

カント以降、存在論と認識論とはその鋭い対立関係を緩めてきたように私には見える。そこで、混乱をさけるために、私は個人的には、常に次のような認識／存在マトリックスを念頭に置いて、読んだり考えたりすることにしている。

a　ロゴス　↕　形相（普遍）　↕　所有

⟷　　⟷　　⟷

b　パッショ　↕　質量（個別）　↕　存在

ちなみに、所有↕存在はガブリエル・マルセルの「見方」であり、率直に言えば私はa系列よりもb系列を重視する立場である。このことは、メルロ＝ポンティの「肉《シエール》」でも強調しておいたし、アンリの「生」が「肉」や「受肉」につながると考えていることでもご了解頂けるのではないか、と思う。要は、パッショは常にロゴスよりも底の方にあるロゴスの錘なのだ。

（補註）当断片は多くの入門書のお世話になった。本来なら、原著を読み込むべきなことは十分承知しているが、私にはその能力も時間もなかった。以下に参照させていただいた主な入門書を挙げておく。感謝申し上げるとともに、恣意的に読んでいる点についてはご海容頂きたいと願っている。

＊1　斎藤慶典『フッサール　起源への哲学』（講談社選書メチエ）
＊2　加賀野井秀一『メルロ＝ポンティ　触発する思想』（白水社）
＊3　ポール・オーディ、川瀬雅也訳『ミシェル・アンリ　生の現象学入門』（勁草書房）

なお、アンリについては、巻末の訳者による「〈生の現象学〉への道――解説にかえて」により多くを負っている。また、アンリを論じる場合、メーヌ・ド・ビランを引くことが多いようなので、一言触れておくと、「アンリは、ある時期、メーヌ・ド・ビランを熱心に学び、そこから主観性を身体として捕える見方を、しかも、この身体を〈知覚する身体〉というよりはむしろ、

〈運動する身体〉、〈努力する身体〉として捉える見方を学んだ」（＊3三三三頁）。そして、アンリはこの「主観的身体」についての理論から独自の身体の現象学を展開し、この「根源的な自己知を伴った努力する身体」を、特に「肉（chair）」と名づける（メルロ＝ポンティとの差！）のである（＊3三三四頁）。ついでに、「努力する身体」ではいかにも窮屈なので、「能動する身体」とでも訳せないか、と私は勝手に思っている。というのは、アンリ自身、「能動する身体」に「抵抗」するのが「世界」だというように考えているようだから。いま一つ、「生《いのち》」が「見えてくる」あたりのことを、これまたごく私的に「前現」と書いているが、既述のように、現象は世界において生起するものであるのに、ここでは世界が剝れている。ここでやむなく「前現象」にからめて、仮に「前現」と書いてみたのである。

（2016.12.25）

Ⅲ

墓あるいは顕現*

闇の筋の向うに
おそろしく蒼いものが現れる

私は薄明の中　辛うじて　点滅
する錯乱に耐え　それをみている

（ほかにも　夥しい視線が　一面に

（揺れている　そのような気もする

主よ　主よ　主を想い　主を「みる」
ことが　狂気であるなら

吐いても吐いても　溢れてくる
抉られた喉の昏さが　正気なのか

またしても　闇の筋の向うに
おそろしく蒼いものが現れている

＊ギュスターヴ・モローの「L'Apparition」参照

読者に

当書は『森へ』で了った私の五十年にわたる大周航の余滴です。言い換えれば、一人の単独者が死力を尽して辿り着いた「森」、その至高点から振り返ったとき見えてきた光景です。この光景を当書を手にとって頂いた親切な読者に捧げます。

二〇一七年三月　病床にて　　著者

岩成達也

一九三三年生れ。

詩集
『レオナルドの船に関する断片補足』（一九六九・思潮社）
『燃焼に関する三つの断片』（一九七一・書肆山田）
『徐々に外へ・ほか』（一九七二・思潮社）
『現代詩文庫　岩成達也詩集』（一九七四・思潮社）
『マイクロ・コズモグラフィのための13の小実験』（一九七七・青土社）
『中型製氷器についての連続するメモ』（一九八〇・書肆山田）
『〈箱船再生〉のためのノート』（一九八六・書肆山田）
『フレベヴリイ・ヒツポポウタムスの唄』（一九八九・思潮社）
『フレベヴリイのいる街』（一九九三・思潮社）

『「鳥・風・月・花」抄』（一九九八・思潮社）
『（ひかり）、……擦過。』（二〇〇三・書肆山田）
『みどり、その日々を過ぎて。』（二〇〇九・書肆山田）
『（いま／ここ）で』（二〇一〇・書肆山田）
『森へ』（二〇一六・思潮社）

評論
『擬場とその周辺』（一九七三・思潮社）
『詩的関係の基礎についての覚書』（一九八六・書肆山田）
『私の詩論大全』（一九九五・思潮社）
『詩の方へ』（二〇〇九・思潮社）
『誤読の飛沫』（二〇一三・書肆山田）

風の痕跡＊岩成達也＊発行二〇一七年四月二五日初版第一刷＊発行者鈴木一民発行所書肆山田東京都豊島区南池袋二—八—五—三〇一電話〇三—三九八八—七四六七＊装幀亜令＊組版中島浩印刷精密印刷ターゲット製本日進堂製本＊ＩＳＢＮ九七八—四—八七九九五—九五三—九